LES

PREMIÈRES FEUILLES

POÉSIES

DE

VALENTINE BENOIT

PARIS

LITHOGRAPHIE MARCHAND

81, rue de la Victoire, 81

1872

LES

PREMIÈRES FEUILLES

POÉSIES

DE

VALENTINE BENOIT

PARIS

LITHOGRAPHIE MARCHAND

81, rue de la Victoire, 81

1872

PRÉFACE

———

> Petit poisson deviendra grand
> Pourvu que Dieu lui prête vie.

Petit livre se remplira,
Pourvu que rien ne lui survienne ;
Et pourtant, si beau qu'il devienne,
Hélas ! mémoire vieillira.
Quand cheveux blonds seront, par l'âge,
Pâlis ainsi que le visage,
Au petit chansonnier présent
Je sourirai bien tendrement ;
Car il me parlera sans cesse
Des souvenirs de la jeunesse,
Alors que l'on avait quinze ans.
Que sans soucis passait le temps !
Puis de doux anges, blancs et roses,
Prenant de gracieuses poses,
Diront : « Grand'mère, nous voulons
Voir ton beau livre de chansons ! »
Alors, pour la jeune famille,
On redeviendra jeune fille,
Ne voulant jamais refuser,
Quand il s'agira d'amuser

Ce despotique petit monde
A frais visage, à tête blonde,
Et dont le sourire mutin
Charmera maman Valentin.
Mais qu'ai-je fait ? quelle folie !
De soixante ans je suis vieillie !
A quoi donc passais-je mon temps ?
Moi qui croyais être au printemps !
Vite, chassons cet air si sombre,
De la vieillesse c'est une ombre.
Je pourrais bien me repentir
D'avoir voulu me divertir ;
Car il faut, pour être grand'mère,
Une chose bien nécessaire
Que l'on appelle la raison :
A peine si j'en sais le nom !
Apprenons à devenir sage,
Cela nous donnera le temps
De nous préparer au grand âge
Et d'apprécier nos quinze ans.

Valentine Benoît.

LES

PREMIÈRES FEUILLES

Poésies

DE

VALENTINE BENOIT

LA SAINT-VALENTIN

A MADAME T....

14 février 1865.

I

Pour ce doux anniversaire,
Quand j'étais encor enfant,
Je mettais mon savoir-faire
A vous dire un compliment.
Maintenant que je suis grande
C'est à mon cœur de parler ;
Car à lui seul on demande
Aujourd'hui de s'exprimer.
Eh bien ! il répond sans peine :
« Ce que j'aime tendrement,
C'est ma petite marraine
Et j'y pense constamment. »

II

Dans ma mémoire enfantine
Je voyais un ange aux cieux,
Et marraine Valentine
Me suivait de ses yeux bleus.
De la céleste patrie
Gentille vierge à genoux
N'était pas aussi jolie,
N'avait pas regard si doux !
Une fée arrivait-elle
Dans mes rêves en dormant
Toujours je disais : « C'est-elle !
Marraine, que j'aime tant ! »

III-

Je voulais être bien sage
Pour ne jamais la fâcher ;
Et pour prix à mon jeune âge
Elle donnait un baiser.
Maintenant une caresse
Me ravit comme à trois ans,
Car j'ai la même tendresse
Malgré mes seize printemps.
Je voudrais pouvoir vous dire
Tont ce que pense mon cœur,
Tout ce que votre sourire
Sait y mettre de bonheur.

A MA MÈRE

26 février 1865.

I

Lorsque j'avais cinq ans, te souviens-tu, ma mère ?
Près de toi, chaque soir, avant de m'endormir,
Me mettant à genoux je disais ma prière,
En demandant à Dieu de toujours me bénir.
Je promettais alors d'être toujours docile,
Pour ne pas chagriner mon bon ange gardien.
Ta présence rendait le devoir plus facile ;
Car la voix d'une mère encourage si bien !
Ton visage semblait rayonner d'espérance,
Et sur moi ton regard se fixait caressant.
Ces temps qui sont pour moi de douce souvenance
M'ont laissé, pour t'aimer, mon petit cœur d'enfant.

II

Soleil de mon printemps, reine de ma jeunesse,
Rien qu'un regard de toi m'apporte du bonheur.
Je trouve tant de joie et d'aimable tendresse
Dans ce rayon si pur qui reflète ton cœur !
Ma mère, chaque jour, je te trouve plus belle.
Oui, jaime à contempler tes beaux cheveux d'argent,
Mon nom devient plus doux quand c'est toi qui l'appelle,
Ta voix sait lui prêter un charme tout-puissant.
Et quand tu viens donner sur le front de ta fille
Une tendre caresse ou quelque doux baiser,
Sur ce front de seize ans un diamant qui brille
N'aurait pas tout le feu, l'éclat de ce baiser !

LA FÊTE DE MON GRAND-PAPA

POUR MA PETITE MARIE

19 mars 1865.

Dès ce matin, mon bon ange
Est venu me réveiller,
Et de sa visite étrange
J'allais presque m'étonner.
Sa voix était un peu sévère
Me disant : « L'on ne pense à rien ?
C'est la fête de ton grand-père !
— Mais, bon ange, je savais bien ;
Ma mémoire est indocile
Quand il s'agit d'une leçon ;
De grand-père elle est habile
A me rappeler le doux nom.

Je ne suis pas indifférente
Bon ange, autant que tu le crois,
Et c'est dans une grande attente
Que j'ai passé cet heureux mois.
Mais, pour lui paraître plus belle,
Nous pourrions aller tous les deux ;
Tu m'abriterais sous ton aile :
Que grand-père serait heureux !
— A ton désir je suis sensible,
Dit-il ; mais reçois mes adieux ;
Je serai là, quoiqu'invisible,
Pour t'accompagner de mes vœux ! »
    Puis, en tenant ce langage,
Il a bien vite remonté
Dans un magnifique nuage
Qui, pour lui, s'était arrêté . . .
Mais je n'ai pas perdu courage,
Car je te sais bien indulgent.
Toi qui souris quand je suis sage,
Crois-en mon petit cœur d'enfant,
Qui serait joyeux à l'extrême
Si tu voulais bien me laisser
Te dire : « Grand-papa, je t'aime,
Et je voudrais bien t'embrasser ! »

BONHEUR D'ÊTRE ENFANT

A MADAME D'A....

6 mars 1866.

Si je pouvais me changer en fauvette,
Mon chant joyeux s'adresserait à vous ;
Si j'étais fleur comme la violette,
Pour vous serait mon parfum le plus doux.

Mais le bon Dieu, qui fit bien toutes choses,
N'a pas voulu dans ses divines lois
Ni me donner le vif éclat des roses,
Ni des oiseaux la pure et fraîche voix.
Car il est vrai, fauvette qui voltige,
Ne saurait pas ce que vaut un baiser ;
Fleur, en un jour, m'effeuillant sur ma tige,
Trop tôt, hélas ! il faudrait vous quitter !
Au moins, pour moi, le sort n'est pas le même
Et mon bonheur dure plus d'un instant.
Je puis penser et dire : « Je vous aime ! »
Aucune fleur n'en pourrait dire autant.
Moi j'ai reçu, pour toute ma richesse,
Un cœur que Dieu créa pour vous chérir ;
Acceptez-le pour l'éprouver sans cesse ;
Il ne saura jamais que vous bénir.

A MADAME S....

La Côte, 1er août 1866.

On dit que l'âme est plus forte
Pour résister à la douleur
Quand une autre âme la porte
En s'unissant à votre cœur ;
Que les larmes sont moins amères
Quand l'amitié veille sur vous
Et sait mêler à vos prières
Un nom qui vous était si doux !

Vous le savez déjà vous-même :
Quand le malheur vient vous frapper
On reconnaît bien qui vous aime
A celle qui vient consoler.

Dieu permit un tendre échange
Alors que vous perdiez un cœur,

Près de vous apparut un ange
Attiré par votre douleur.
Cet ange avait suivi la trace
De l'âme rappelée à Dieu,
Et venait reprendre sa place
Pour exaucer un dernier vœu.

Tout en partageant vos alarmes
Essayait de les apaiser,
Et tout en répandant des larmes
Séchait vos pleurs par un baiser.
Le chagrin lui rendait plus chère
La pauvre âme qui gémissait.
Je suis sûre que . . . . votre mère
Depuis le ciel la bénissait.

Après ce dévouement suprême
Oserai-je, moi, pauvre enfant,
Vous offrir un cœur qui vous aime
Et que vos maux affligent tant ?

Je voudrais pouvoir davantage ;
L'enfance est toute charité !
On ne peut offrir à mon âge,
Hélas ! que sa sincérité.

LE BOUQUET DE L'ABSENTE

A MON PÈRE

La Côte, 25 août 1866.

Je suis bien loin de toi, pour ta fête chérie ;
Mais regarde pourtant, et reçois mes bouquets
Composés de baisers, de vœux, de poésie,
Entourés d'un ruban, celui de mes regrets.

Oh ! conserve ces fleurs que mon amour fit naître ;
Car je ne les quittai que pour te les offrir.
Puis, avant de les voir tout à fait disparaître.
Pour toi je leur donnai mon plus doux souvenir.

Je les regardai bien et je les trouvai belles,
Cependant une larme vient mouiller mes yeux.
Moi, je ne pouvais pas m'en aller avec elles
Et voir si mon bouquet allait te rendre heureux.

Alors il me sembla qu'un bienveillant sourire
Accueillait mes baisers en éclairant ma fleur ;
Avais-tu donc chargé l'écho de me le dire ?
Je ne sais, mais ta joie a consolé mon cœur.

ENFANTINE

A MA PETITE AMIE MATHILDE

Paris, 2 décembre 1866

Lorsque ta prière enfantine,
Comme un doux parfum monte aux cieux
Et que ta voix franche et mutine
S e répand en accents joyeux ;
Alors quelquefois, ma gentille,
Tout près de toi n'entends-tu pas
Comme une voix de jeune fille
A tes vœux répondant tout bas ?
Et si ton souriant visage
Apparaît au pauvre attristé,
Comme un ciel bleu sous un nuage,
Comme un rayon de charité
Admirant ta grâce timide
Et les bons élans de ton cœur,

Quelqu'un aussi d'un œil humide
De loin te suit avec bonheur.
Enfin la nuit, quand tu reposes,
Qu'en tremblant, sans se laisser voir,
Ta mère, sur tes lèvres roses,
A donné le baiser du soir ;
Tandis que ton esprit sommeille,
Que tout s'endort autour de toi ;
Par la pensée une âme veille ;
Enfant, ne sais-tu pas ? . . . C'est moi !

FLEUR DE MER

A MADAME T....

14 février 1867.

I

Avez-vous oublié ce pays plein de charmes
Que nous avons quitté les yeux remplis de larmes
    Avec tant de regrets ?
Laissant en souvenir, à cette aimable plage,
Les débris des beaux jours effeuillés à cet âge
    Qui ne revient jamais !

II

Nous avions passé là des heures si joyeuses,
Tantôt en regardaut les voiles gracieuses
    Glisser devant nos yeux ;
Tantôt en écoutant ce ravissant murmure ,
Qui semblait à l'âme l'écho d'une voix pure
    Remontant vers les cieux.

III

Puis quand le soir venait, que la nuit de ses voiles
Ne réussissait pas à cacher les étoiles
          Devant notre maison
Assises toutes deux, nous rêvions en silence ;
Ensemble nos pensers emmenaient l'espérance
          Plus loin que l'horizon.

IV

Hélas ! nous avons fui de ce charmant rivage !
Peut-être n'aurons-nous jamais à cette plage
          L'espoir de revenir ?
Mais la brise, en quittant cette terre choisie,
Pour vous a fait germer ma fleur de poésie
          Comme un doux souvenir.

LA FEUILLE D'AUTOMNE

A MADAME V...

8 octobre 1867.

Tandis que vous alliez, charmante travailleuse,
Soulever les réseaux bien légers sous vos doigts,
Vous me croyiez aussi seule et toute rêveuse,
Au triste vent d'automne frissonnant par fois ?

Eh bien ! vous vous trompiez ; car la brise glacée
Ne saurait effacer un souvenir bien doux.
Mon âme s'égayait d une tendre pensée
Qui s'en allait joyeuse et pure jusqu'à vous.

Je me disais tout bas : en vain l'hiver menace,
Nous le connaissons bien ce vieillard sans pitié ;
Le printemps reviendra le chasser de la place,
Et mon cœur vous aura gardé son amitié.

LA FLEUR DU BON DIEU

A MADEMOISELLE ELLEN DE B....

Paris, 16 novembre 1867.

Il existe une fleur divine,
    Dites-moi, savez-vous son nom ?
Aussi blanche que l'aubépine.
    Elle vient en toute saison.

Elle est fraîche comme un sourire
    Et rayonnante de beauté ;
Mais partout vous entendrez dire
    Que sa devise est Charité

Car un secret penchant la guide
    Vers le pauvre, son bien-aimé,
Qui reçoit, joyeux et timide,
    Le parfum d'un souffle embaumé.

Eh bien ! cette fleur si gentille,
    Dont je fais un portrait si doux,
Porte le nom de jeune fille !
    Ellen, vous en souvenez-vous ?

LA FOI, L'ESPÉRANCE
ET LA CHARITÉ

A MADAME T....

14 février 1868.

Une fée, un matin, jolie et toute blonde,
Penchait sur mon berceau son visage mignon.
Ce n'était qu'une enfant lorsque je vins au monde,
Alors, dans un baiser, elle m'offrit son nom.

Ce qu'elle me disait, je m'en souviens à peine,
Mais le son de sa voix, comme la douce haleine
D'une fleur qui s'entr'ouvre arrivait jusqu'à moi.
Messagère venant de la bonté divine,
C'est elle qui sema, dans mon âme enfantine,
Ces deux grands sentiments : l'Espérance et la Foi !

L'Espérance, ce mot bien-aimé du poète,
Ce mot que si souvent, dans la vie, on répète,
Tant il semble promettre un avenir joyeux !
La Foi, cette vertu qui, sur un front timide,
Rayonne doucement et comme un tendre guide
Nous montre le chemin pour monter jusqu'aux cieux.

Ah ! que j'ai dans l'esprit une touchante image
De cet ange gardien qui donnait à mon âge
Un rayon de candeur et de sérénité.
Je ne suis plus enfant et l'ange est jeune femme ;
Mais je l'aime toujours, Dieu dit que dans mon âme,
Elle a dû mettre aussi l'ardente Charité.

OPHÉLIA

A MADEMOISELLE NILSSON

20 mars 1868.

Un rayon de soleil éclairait ma fenêtre,
J'y réchauffais mon cœur encor glacé peut-être
De la froide saison qui dure si longtemps.
D'aimables souvenirs se pressaient en moi-même ;
Car je rêvais à vous et votre nom que j'aime
Egayait mon esprit comme un jour de printemps.

Je voyais un ciel bleu jetant sur la nature
Un rayon de beauté ; j'entendais le murmure

Des oiseaux gazouillant dans les champs et les bois.
Puis, quand ils se taisaient pour dormir sous la mousse,
Une voix répondait, plus céleste et plus douce,
Plus touchante et plus pure encor que leurs voix.

Je voyais un beau lac dont les ondes paisibles
Couvraient de leur fraîcheur mille tiges flexibles ;
Des fleurs se reflétant dans le miroir des eaux.
Et puis, tout près de là, comme une enfant rêveuse,
Une autre fleur penchait sa tête gracieuse
Exhalant son parfum au milieu des roseaux.

Mais déjà le zéphir emportait de la rive,
Comme un maître jaloux, cette voix si plaintive ;
L'écho ne renvoyait qu'un soupir faible et doux ;
L'onde nous dérobait la belle fleur pâlie
Ne laissant en nos cœurs qu'une aimable folie,
Cette voix... cette fleur... ce charme, c'était vous !

ROSÉE DU CŒUR

A MADAME D'A....

23 avril 1868.

Quand la nuit a passé, comme une triste chose
Qui fait pâlir un peu les boutons de la rose,
Le soleil, au matin, jette un regard de feu ;
Les cieux laissant tomber quelques perles humides,
Et les fleurs aussitôt levant leurs fronts timides,
Offrent tous leurs parfums en souvenir à Dieu.

De même que ces fleurs, quand le jour va paraître,
Une douce fraîcheur en mon cœur semble naître ;

Un nom dans mon esprit revient à chaque instant.
Vous ne l'entendez pas; car l'ange qui m'écoute
Pour le porter au ciel n'attend jamais, sans doute,
Que je finisse à Dieu ma prière d'enfant.

Ce nom mystérieux, c'est le vôtre, madame :
Ainsi que la rosée il passe dans mon âme
Pour s'envoler vers vous avec mon plus doux vœu.
Quand la nuit est venue et que le jour s'achève,
Je le murmure encor et j'entends dans mon rêve
Une voix qui me dit que vous m'aimez un peu.

MON GUIDE

A MA MÈRE

24 juin 1868.

Que j'aime à respirer l'air embaumé des bois,
Où le soir, toutes deux, nous allons quelquefois,
Pendant de courts instants, nous reposer un peu !
Là, tandis qu'en mon cœur ta tendresse s'épanche,
La brise vient passer, sur mon front qui se penche,
Si douce qu'on dirait le souffle du bon Dieu.

Alors, l'esprit charmé d'émotions divines,
Je me plais à parler de fêtes enfantines,
Souvenir où ton nom n'est jamais effacé.
Comment trouver un jour, une minute même,
Un instant de mes jours qui me dise : « Je t'aime ! »
    Dans mon présent où mon passé !

Que sera l'avenir ? Je n'en sais rien sans doute,
Et ne puis deviner si les fleurs, sur ma route,
M'offriront leurs parfums ; mais je ne tremble pas.
Si l'orage menace autour de ma nacelle,
J'abriterai mon cœur sous l'aile maternelle
    Et l'amour guidera mes pas.

ONDINE

A MA BIEN-AIMÉE PETITE MARIE

14 août 1868.

Connais-tu les douces nouvelles
Que l'écho déployant ses ailes,
Ce matin me fit écouter?
Donne-moi, mon cher petit ange,
Un de tes baisers en échange
Et je vais te les raconter.

« Sur le sable d'un rivage
Il m'a dit, et je le crois :
« Qu'un ravissant coquillage
« Apparaissait quelquefois.

« Sa couleur est blanche et rose,
« Avec un long reflet bleu. »
Voilà pourquoi je suppose
Qu'il appartient au bon Dieu.

Car l'onde semble craintive
D'emporter ce doux fardeau
Qu'une fée a, sur la rive,
Mis comme un charme nouveau.

Je crois bien le reconnaître
Et, pourquoi te le cacher?
Mon cœur l'a nommé peut-être
Même avant de le chercher.

Ecoute bien, ma gentille,
Si je dis vrai, réponds-moi.
La blanche et rose coquille
J'ai pensé que c'était... toi. »

NE M'OUBLIEZ PAS

A MADAME LA DUCHESSE DE F....

8 octobre 1868.

Vous avez demandé ma jeune poésie?
Je l'envoie humblement se placer sous vos yeux.
La muse que tout bas votre voix a choisie
Ne doit jamais bercer que de rêves heureux!

Penser qu'en souriant, et de vos lèvres roses,
Peut-être vous lirez ce que Dieu m'a dicté,
N'est-ce pas m'inspirer les plus charmantes choses
Et donner à mes vers un rayon de gaîté?

Quand vous aurez ainsi deviné qu'en mon âme
Il reste encore un nom que je voudrais bénir,
Me le permettrez-vous? Ah! ce serait, madame,
Me laisser, en partant, un bien doux souvenir!

A MADEMOISELLE H. DE B....

Décembre 1868.

Ramener l'espérance, où déjà la tristesse
Semblait, pour quelque temps, établir son séjour;
Pour effacer des pleurs, trouver une caresse
Et sous un jeune front cacher beaucoup d'amour.

Montrer aux affligés un consolant sourire,
Leur parler pour bientôt d'un avenir plus doux,
C'est plus charmant encor que je ne puis le dire,
Et maintenant je vois que c'est digne de vous.

En apportant ainsi la joie à ceux que j'aime,
Votre nom, pour toujours, a pris place en mon cœur,
Et cette charité, cet élan de vous-même,
Un jour, n'en doutez pas, vous portera bonheur.

NOUVELLE ANNÉE

1er janvier 1869.

Ouvrez-moi vite votre porte,
De crainte que le vent jaloux
D'un souffle glacé n'emporte
Tout le bonheur que j'ai pour vous.
Car je suis la nouvelle année,
Heureuse de vous parvenir
Plus douce que ma sœur aînée
Dont j'efface le souvenir.

J'ai pour compagne l'Espérance,
Pour asile votre bonté ;
Quelques baisers pour l'innocence,
Un cœur jeune et plein de gaîté.
Laissez-moi donc une caresse
Pour abriter mes vœux si doux ;
Et Dieu, que j'ai prié sans cesse,
A promis de veiller sur vous.

LE BOUQUET DE PERCE-NEIGE

A MES AMIS ABSENTS

22 janvier 1869.

Vous qui m'aimez un peu, vous, presque ma famille
Et dont parle souvent ma voix de jeune fille,
Serait-ce vous charmer si, malgré les hivers,
Mon cœur vous envoyait un frais bouquet de vers ?

Car ma muse a, pour vous, rêvé d'aimables choses ;
Car il y a toujours, parmi mes fleurs écloses,
Un souvenir joyeux qui, pour voler vers vous,
N'attend de votre voix que quelques mots bien doux.

En recevant ces fleurs que l'amitié vous cueille,
Si de légers parfums montent de chaque feuille,
Que votre âme surtout ne les éloigne pas ;
Car ce sont tous. mes vœux qui vous parlent tout bas.

Accueillez tendrement ces voyageurs fidèles ;
La chaleur du foyer réchauffera leurs ailes ;
Laissez-les près de vous doucement reposer :
D'une petite amie ils portent le baiser.

A MADAME D'A.....

23 avril 1869.

En cueillant quelques fleurs nouvelles,
Leur parfum m'a semblé si doux
Que, sans danger, au milieu d'elles,
J'ai caché des baisers pour vous.

La brise eût dispersé peut-être
Cet essaim d'heureux voyageurs.

Pourra-t-elle les reconnaître
Quand ils dormiront sous les fleurs ?

Cherchez donc bien, parmi les roses,
Tous les vœux ardents de mon cœur ;
Sur ce bouquet d'aimables choses
Ne trouvez-vous pas le bonheur ?

SUR UNE TOMBE

Octobre 1869.

Il n'est pas ici-bas de plus touchant langage
Que le discret parfum qui s'échappe des fleurs.
Celle que nous pleurons le mêlait sans partage
A sa joie aussi bien qu'à toutes ses douleurs.

Il faut donc entourer d'une fraîche verdure
La tombe qui reçut ces restes précieux.
Peut-être nos regrets, sous cette humble parure,
Seront-ils plus touchants pour monter jusqu'aux cieux.

Sous ces fleurs qu'elle aimait elle oubliera sans doute
Qu'elle a, par son absence, attristé l'avenir,
De tous ceux qui n'ont plus, en poursuivant la route,
Que son doux souvenir.

A MONSIEUR LE PRÉFET
DE LA SEINE

Juillet 1869.

Craindre de vous parler serait impardonnable !
Vous êtes, je le sais, un préfet trop aimable

Pour ne pas écouter la voix du plus petit
Et prêter intérêt à tout ce qu'il vous dit.
Je laisse, en cet instant, toute crainte timide,
Pour placer sous vos yeux le sujet qui me guide.

J'admire, croyez-moi, les magnifiques choses
Dont Paris, grâce à vous, s'embellit chaque jour,
Les bosquets parfumés et les marronniers roses
Qui font de notre ville un aimable séjour.

Au milieu des beautés que le progrès nous donne,
Une chose pourtant m'inquiète et m'étonne.
C'est peut-être indiscret d'oser parler ainsi ;
Mais la plainte est fondée, et, pardon, la voici :
« Pourquoi, dans ce chemin qui vers le bois nous mène
Et dont le nom charmant vient d'une souveraine.
Où, du matin au soir, tout en se promenant,
Passe, fier et joyeux, notre monde élégant,
Pourquoi n'y voit-on pas un arbre charitable
Offrant à tous les yeux sa verdure agréable
Et protégeant ainsi, contre l'aridité
Qui nous rend cette route impossible en été ?
Car dans cette saison vraiment le soleil brille
D'une si folle ardeur, qu'un front de jeune fille
N'ose pas s'y risquer, surtout par le beau temps,
Malgré tous les attraits de nos bois au printemps,
Sous les rayons brûlants craignant, faute d ombrage,
De perdre sa fraîcheur (parure du bel âge),
Que monsieur le Préfet est bien aise de voir
S'épanouir l'hiver, à ses fêtes du soir ! »

Mais cela n'est pas tout. Hélas ! ai-je à regret
Une autre plainte à faire et digne d'intérêt.

« Le chemin est semé d'innombrables cailloux
Qui ne font pas toujours un tapis des plus doux.
Quoique charmant à voir, au sortir de la ville,
Tapis un peu trop dur pour être bien utile
Et dont la Parisienne, aux pieds fins et mignons,

De se plaindre a souvent d'excellentes raisons.
Ne pourrait-on donner, ainsi que de coutume,
A chaque boulevard une allée de bitume,
Facilitant beaucoup la promenade au bois,
Dont il faut, sans cela, se priver bien des fois,
N'ayant pas constamment l'héroïque courage
De s'abîmer les pieds, de brunir son visage,
De revenir brisée, mais invoquant tout bas
Notre illustre Préfet, qui ne s'en doute pas ? »
Voilà tout ce que peut Votre aimable Excellence
Pour gagner, à coup sûr, notre reconnaissance,
Et je garde l'espoir que ma témérité
Saura trouver raison devant votre bonté.

UN RÊVE

A MADAME T....

14 février 1870.

Pour remettre mon cœur du temps froid qui le glace,
Je réclame aujourd'hui la faveur d'une place
  Au coin de votre feu.
Et, laissant mon esprit suivre sa fantaisie,
Puis que tout, près de vous, se change en poésie,
  Nous causerons un peu.

Comme histoire nouvelle, il faut que je vous conte
Un rêve que j'ai fait, qui d'ailleurs ne remonte
  Qu'à la dernière nuit.
A l'heure où mon esprit, sous ma paupière close,
Comme un enfant gâté désirant quelque chose,
  Tout seul veillait sans bruit.

J'avais, avant cela, j'avais, il faut le dire,
Sans regrets, sans soucis et même sans médire,

Travaillé tout le jour,
Pensé beaucoup à vous en embrassant ma mère
Et fait monter vers Dieu, dans une humble prière,
Un souvenir d'amour.

Après ce double emploi je devais bien, sans doute,
Rencontrer le bonheur pour compagnon de route.
C'est justement pourquoi
J'ai fait, cette nuit-là, le plus aimable rêve ;
Le récit en est long. Faut-il que je l'achève ?
Ou bien arrêtez-moi.

« Un génie inconnu, m'ayant servi de guide
Dans un pays lointain, où ma muse timide
Faisait ses premiers pas,
Me conduisit bientôt, j'en garde souvenance,
Dans un riche palais : celui de l'Espérance,
M'assura-t-il tout bas.

Là, se parant de fleurs, au milieu des charmilles,
Dansaient légèrement de belles jeunes filles
Brillantes de gaîté.
On ne savait laquelle admirer davantage,
Ayant toutes, je crois, à peu près le même âge
Et la même beauté.

Achevant ce tableau, d'une grâce infinie,
On entendait alors la suave harmonie
D'un concert aérien.
Si parfois l'Espérance quittait sa demeure,
C'était pour consoler notre monde où l'on pleure
Et l'on n'en savait rien.

Pendant que j'admirais cette magnificence,
Notre fée, en secret, méditait une absence
Au moment du printemps.
Quand bientôt retentit le bruit d'un pas rapide,
L'Espérance baissa son beau regard humide.
Hélas ! c'était le Temps.

C'était ce grand vieillard sans amis, sans famille,
Qui venait enlever à chaque jeune fille
      Sa grâce et sa beauté.
La cruauté régnait dans son méchant sourire ;
Rien qu'à le regarder chacun aurait pu dire :
      « Adieu toute gaîté ! »

Quand il eut terminé ses terribles ravages
Et laissé la pâleur sur ces jolis visages
      Il se tourna vers moi :
« Encore une, dit-il, que ma haine cruelle
Doit marquer en passant, comme toute mortelle
      Que je tiens sous ma loi. »

Mais alors une voix, qui se faisait sévère,
De l'implacable Temps désarma la colère
      En s'exprimant ainsi :
« N'avez-vous pas assez de jeunesses glanées ?
Laissez-moi le bonheur de compter les années
      De l'enfant que voici.

Les rêves de son cœur sont nés de ma tendresse ;
C'est à moi de marquer, avec une caresse,
      Les plus beaux de ses jours,
De mettre sur son front cette adorable brise
Qu'on appelle un baiser, ce parfum qui lui dise :
      « Que je l'aime toujours ! »

Je ne sais si la voix a parlé davantage ;
Mais mon âme, éveillée à ce tendre langage,
      A dit un nom tout bas.
Cet ange protecteur, défendant ma jeunesse,
Et faisant fuir le Temps devant une caresse,
      C'était vous, n'est-ce pas ?

LE CRÉPUSCULE

Houlgate, 1er août 1870.

C'était la fin du jour, une vapeur légère
Enveloppait déjà les rayons du soleil,
De suaves parfums s'exhalaient de la terre
Comme l'hymne des fleurs au moment du soleil.

Tout allait reposer ; la voix touchante et pure
D'un oiseau, redisant son dernier chant d'amour
A la source cachée, unissait son murmure
Que la brise apportait ou chassait tour à tour.

Au loin, quelques troupeaux descendant la colline,
Un berger les suivant répétant sa chanson,
Et la brume du soir, d'une teinte divine,
Envahissait la terre et bornait l'horizon.

A cette heure bénie, où l'entrain de la ville
Allait ralentissant son bruit vague et confus,
Où le bon paysan, dans sa maison, tranquille,
Sur la route fleurie alors ne passait plus,

On entendit des pas cadencés et rapides ;
D'où pouvaient-ils venir ? comme un écho des bois,
Quelques instants après, sous les feuilles humides,
Résonnaient doucement les éclats de deux voix.

Alors on aperçut, en haut de la montagne,
Légère et se penchant comme un oiseau mignon,
Une fée inconnue et sa jeune compagne !
(Par malheur j'ai promis de vous cacher son nom.)

Elle avait, croyez-le, la démarche élégante,
Les yeux bleus, le regard profondément rêveur,
Le geste gracieux, une taille charmante
Et le sourire aimable et bon comme son cœur.

Elle aimait s'égarer loin du bruit et du monde,
Dans les sentiers ombreux souvent se reposer ;
Aux caprices du vent livrer sa tête blonde
Que sa petite amie effleurait d'un baiser.

D'abandonner ces lieux la pensée est cruelle !
Pourquoi quitter ainsi ce charme tout nouveau?
« Restons quelques instants, ah! restons, disait-elle,
L'horizon est si vaste et le ciel est si beau !

Arrêtons notre course et reprenons haleine.
Vois, la nuit est bien loin, et quelques rayons d'or
Égarés sur les blés ou décorant la plaine,
Au moment du départ nous guideront encor. »

Puis la voix lentement s'éteignit sur la route,
Au détour d'un sentier on cessa de les voir.
Le silence se fit; les deux femmes, sans doute,
Avaient tremblé tout bas devant l'ombre du soir.

Si vous allez parfois rêver dans la montagne,
A l'heure où la clarté, comme le jour s'enfuit,
Peut-être verrez-vous la fée et sa compagne;
Mais ne dites jamais ce que je vous ai dit.

A MON FRÈRE, GARDE-MOBILE

Houlgate, août 1870.

Te voilà déjà loin, et c'est vraiment dommage.
J'aurais voulu te voir au moment du départ,
Et d'un fardeau léger augmenter ton bagage;
Mais je m'y suis, hélas ! prise beaucoup trop tard.

L'objet que j'apportais n'était pas très-utile;
Mais tu l'aurais, je crois, accepté fort gaîment,

Bienheureux d'emporter ce souvenir fragile
Sans en laisser rien voir à ton beau régiment ;

Car on ne perd pas tout en partant pour l'armée ;
Et quand, le soir venu, chacun est endormi,
Quand on n'entend plus rien sous la tente fermée,
On peut ouvrir son cœur à la voix d'un ami.

Donc, si tu le voulais, un beau jour, à ta guise,
Je pourrais t'envoyer mon petit voyageur,
Monté fort gentiment sur l'aile de la brise
Et traversant le camp en chevalier sans peur.

Tu le reconnaîtras à l'allure discrète
Qu'il prendra volontiers en approchant de toi.
Peut-être que soldat, et cela m'inquiète,
Tu rougiras un peu de ce qui vient de moi.

Mais non, je dois chasser cette crainte cruelle,
Et tu peux, par un mot, tendrement l'apaiser
En m'écrivant bientôt : « Sachez, mademoiselle,
Qu'en riant j'ai reçu votre mignon baiser. »

A MON PÈRE

Houlgate, 23 août 1870.

Un grand vent soufflait sur la plage,
Le temps était bien incertain ;
Au ciel passait un gros nuage.
Qu'il faisait triste ce matin !

Les pauvres fleurs baissaient la tête ;
Les flots grondaient avec fureur ;
Mais je pensais : c'est jour de fête !
Et la joie entrait dans mon cœur.

Que m'importait la mélodie
De la vague, au bord se brisant?
Mon âme restait engourdie
Dans un rêve plus caressant.

Tout ce qui venait au rivage
Passait invisible pour moi.
Mes baisers étaient en voyage
Et mon souvenir avec toi.

A MA CHÈRE PETITE MARIE

Houlgate, 15 août 1870.

Que je voudrais, ma mignonnette,
Posséder un peu la baguette
D'une fée au divin pouvoir !
Et te donner, pour un sourire,
Tout ce que ton esprit désire
Depuis le matin jusqu'au soir.
Mais je suis sans valeur aucune,
Et je n'ai pas d'autre fortune
Que mon cœur tout rempli de foi ;
Que ma muse bien enfantine,
Qui devient joyeuse ou chagrine
Selon ce qui se passe en toi.
Je ne puis t'offrir davantage ;
Car c'est Dieu qui fit le partage,
Et nous n'y pouvons revenir.
En deux mots, voilà ma richesse :
Quand on est près, une caresse,
Quand on est loin, un souvenir.

LOIN DE FRANCE

Bruxelles, 3 octobre 1870.

Des jours passés ici qu'importera le nombre ?
Partout le ciel est triste et l'horizon bien sombre.
En ce pays d'exil rien ne brille pour nous,
Pas même le soleil ! dont les rayons si doux,
En passant lentement sur les feuilles fanées,
Semblent nous rappeler les dernières années,
Quand nous avions aussi des forêts et des bois ;
Que la joie y venait s'égarer quelquefois ;
Que l'univers entier célébrait notre fête !
Pourquoi faut-il, mon Dieu ! que le bonheur s'arrête ?
Hélas ! c'était alors l'automne des beaux jours ;
Maintenant c'est l'hiver, il fait froid pour toujours !

Plus de printemps pour nous, plus même d'espérance,
Une brise mortelle a parcouru la France ;
Et le noble pays s'est levé frémissant,
Affrontant du regard l'avenir menaçant,
Et ne méditant pas la maxime profonde :
Sans la voix du Seigneur que peut faire le monde ?
Le passé glorieux a pâli sous sa main,
Et la France est tombée avec ce lendemain !
Qui devait ici-bas assurer sa puissance,
Si le pouvoir céleste, à ce projet immense,
Eût accordé la force et prêté son secours,
Conjurant le destin pendant les mauvais jours.

Mais telle n'était pas la volonté suprême !
Le malheur en frappant à cette porte même
Où la paix radieuse avait mis son blason,
De l'Europe étonnée a changé l'horizon.
Nous fuyons maintenant notre chère patrie ;
En nos cœurs désolés toute gloire est flétrie.

Étrangers en tous lieux, nous n'avons pour ami
Qu'un triste souvenir, par l'exil endormi ;
De ce pays aimé, qui présidait en maître
Et n'a plus que son nom, seul prestige peut-être,
Qu'aux jours de la splendeur le temps même a tracé,
Et qui reste pour nous seul débris du passé.

MINUIT

A MES PETITES AMIES MATHILDE ET MARIE

Bruxelles, 1er janvier 1871.

Enfants, éveillez-vous ! j'entends un léger bruit,
Et l'horloge, à l'instant, vient de sonner minuit.
        Vos mères vont venir
Déposer un baiser sur vos fronts si joyeux !
Il ne faut plus dormir ; ouvrez vite les yeux,
        Pour moi quel souvenir !

Car j'écoutais aussi ma mère bien-aimée,
Quand elle apparaissait à mon âme charmée
        Et me prenant la main :
Disant : « Pardonne-moi si déjà je t'éveille,
J'apporte, pour chasser mon baiser de la veille,
        Celui du lendemain. »

C'est en vain que j'attends cette chère caresse ;
En vain que mon désir s'y reporte sans cesse ;
        Tout est silencieux.
Ces lèvres, sur mon front, n'ont point marqué leur trace
Comme aux jours d'autrefois, et je sens à leur place
        Des larmes dans mes yeux.

Mais je suis, dites-vous, un peu de la famille ;
J'ouvre tout grand pour vous mon cœur de jeune fille
Vous aimer est si doux !
Sous vos tendres regards le calme doit renaître.
Embrassez-moi bien fort, et j'oublierai peut-être
Ma peine auprès de vous.

AU ROI GUILLAUME

LES FRANÇAIS RECONNAISSANTS

Bruxelles, 18 janvier 1871.

La gloire du barbare est souvent un fantôme,
Un remords que les ans ne peuvent qu'augmenter.
C'est ta fête aujourd'hui, souviens-toi, roi Guillaume !
Des vœux que les Français sont venus t'apporter.
Ces pensers que t'envoie un pays en détresse,
Dans l'histoire, plus tard, auront quelque valeur,
Et ne devions-nous pas cette humble politesse
En retour des présents que nous offre ton cœur ?
Merci pour ces boulets qu'une main meurtrière
Lance, sans regarder, sur le lit des mourants.
Merci pour tous ces coups que ta fureur guerrière
Fait tomber, lâchement, sur les petits enfants !
La mort nous a privés de leurs tendres caresses.
La mort, que ton bras seul aurait pu retenir.
Merci pour ces douleurs, pour toutes ces tristesses
Dont les pères surtout garderont souvenir.
C'est pour te remercier qu'en ce grand jour de fête
Ils apportent, pour toi, ces délicates fleurs,
Faibles comme un roseau qu'atteignit la tempête.
La foudre, en les frappant, a flétri leurs couleurs.
Chaque jour le soleil nous les montrait plus belles ;

Vers le ciel leur parfum montait suave et doux.
Ton regard, en un jour, brisa leurs tiges frêles.
De te donner les fleurs, qui ne serait jaloux?
Conserve près de toi tous ces boutons de roses;
Ton cœur a moissonné ce bouquet d'innocents.
Plus tard tu nous diras les ravissantes choses
Que content au bourreau tous ces petits enfants!
Car les fleurs grandiront, et de longues épines,
Dans ton cœur ulcéré, marqueront leur pouvoir.
La couleur renaîtra sur ces plantes divines;
Mais la couleur du sang, épouvantable à voir!
Enfin, quand viendra l'heure où, pour toute compagne,
Tu n'auras que la Mort, mais non pas le repos;
Dans ce même tombeau qui reçut Charlemagne,
Des racines encor te meurtriront les os.
Alors on nommera : *roses du sang de France,*
Des fleurs qui couvriront le sol de ton pays.
Puissent ces rejetons, brisés par ta puissance,
Mettre partout l'effroi chez tes peuples maudits!
Et qu'en les respirant, les jeunes fiancées
Meurent sans embrasser leurs bien-aimés promis!
Que les mains des enfants soient à l'instant glacées
Quant auprès de ces fleurs ils seront endormis!
Que partout ces boutons, d'une espèce nouvelle,
Semant le désespoir, la terreur et le deuil,
Fassent porter sur toi la sentence cruelle
Que l'écho redira jusque dans ton cerceuil:
« La gloire d'un barbare est souvent un fantôme,
Un remords, que les ans ne peuvent qu'augmenter;
C'est ta fête aujourd'hui, souviens-toi, roi Guillaume!
Des vœux que les Français sont venus t'apporter. »

AUX ASSIÉGÉS

Bruxelles, 22 janvier 1871.

Comme voilà longtemps que, de votre fillette,
Vous n'avez rien reçu : car l'ennemi nous guette,
    Et ce monstre jaloux,
Sans aucune pitié, vous ravit au passage
Les pensers que mon cœur, dans un tendre message,
    Glisse en tremblant pour vous !

Qui donc vous portera ce que je vous envoie ?
Qui voudra se charger de ce rayon de joie
    Et de mon plus doux vœu ?
Qui pourra deviner ce secret de moi-même ?
Qui vous dira combien tous les trois je vous aime ?
    Peut-être le bon Dieu !

Car je l'ai bien prié pour que sur vous il veille ;
Pour qu'un de mes baisers un matin vous réveille
    Avec mon souvenir.
Pour que vos fronts chéris oublient toute tristesse,
Si, malgré les dangers, ma timide caresse
    Un jour doit parvenir.

On la trouve toujours belle, et si parfumée,
La lettre qu'en rêvant une personne aimée
    Écrivit loin de nous !
On la relit cent fois, par cœur on veut l'apprendre ;
Cela me fait du bien d'écouter et d'entendre
    Ce qui parle de vous !

Aussi quand, par bonheur, je reçois vos nouvelles,
Mon cœur est tout joyeux, mes désirs ont des ailes.
    Qu'importe le passé !
L'avenir m'apparaît tout rempli de promesses.
Car à moi vous pensez, et devant vos tendresses
    Tout chagrin a cessé.

Pourquoi donc si longtemps demeurer sans m'écrire ?
Ne voulez-vous jamais éveiller mon sourire ?
Répondez-moi, j'ai peur !
Pour adoucir l'exil, pour adoucir l'absence,
Pourquoi ne pas donner quelques mots d'espérance
A qui donne son cœur ?

ENVOLONS-NOUS

A MADAME T....

Bruxelles, 14 février 1871.

Le temps est beau, pas un nuage
Ne trouble le ciel aujourd'hui.
Mon esprit aime le voyage ;
Voulez-vous partir avec lui ?

Comme au printemps les hirondelles
Reviennent des climats plus doux,
L'hiver finit, faisons comme e les :
Vers la patrie envolons-nous !

Allons où mène l'espérance ;
Allons où le cœur nous conduit.
Bientôt nous toucherons la France !
A ce mot, tout chagrin s'enfuit.

Nous irons revoir la campagne
Où nous avons passé deux mois,
Ayant la gaîté pour compagne.
Ce temps-là s'appelle. . autrefois !

Qu'il faisait bon sur ce rivage
Aux flots bruyants, au sable fin !

Le bonheur était de passage,
Chaque soir et chaque matin.

Point de soucis sur notre route ;
Rien que des fleurs sur le chemin.
Le ciel en fut jaloux, sans doute,
Et tout changea le lendemian.

Adieu ! pays doux et tranquille,
Adieu ! nos rêves, pour toujours.
Adieu ! même la grande ville
Où nous comptions de si beaux jours !

Que de regrets, que de tristesse !
Qui n'en garde le souvenir ?...
... Mais maintenant le danger cesse :
Les exilés vont revenir !

Je me sens joyeuse et légère ;
Pourquoi mon cœur bat-il ainsi
En quittant la terre étrangère ?
N'ai-je rien à laisser ici ?

Rien... et pourtant, loin de la France,
Ma muse a chanté quelquefois.
Qui donc à ce chant d'espérance
Invitait ma timide voix ?

C'est qu'en tout pays où vous êtes
On trouve, en vos tendres accents,
Quelques rêves pour les poëtes,
Quelques baisers pour les enfants !

SOUVENIR DE L'EXIL

A MADAME D'A....

1er mars 1871.

J'étais seule aujourd'hui, vous toutes à l'église ;
On avait craint pour moi le temps sombre ou la bise.
Sans doute ma gaîté s'en ressentait un peu,
Et j'étais sans entrain assise au coin du feu,
Promenant mes regards tout distraits sur la flamme,
Heureuse cependant de pouvoir, en mon âme,
Garder en souvenir des caresses pour vous,
En retour d'un baiser et de vos soins si doux !
Or, tandis que mon cœur s'égarait de lui-même,
Rêvant à l'avenir, alors vos noms que j'aime,
Gravés dans mon esprit déjà depuis longtemps,
Ensemble ont apparu pendant ces courts instants.
Tout s'envole ici-bas, me disait ma pensée ;
Triste ou joyeuse une heure est si vite effacée !
En vain vers le passé nous voulons revenir ;
Le temps emporte tout, même le souvenir !
Oublierons-nous aussi la guerre et ses alarmes ?
Et ses jours de l'exil où souvent, dans les larmes,
Tournant vers la patrie un regard anxieux,
Il n'arrivait à nous qu'un écho douloureux ?
Tout doit-il maintenant à jamais disparaître ?
Inquiets aujourd'hui, nous verra-t-on peut-être
Avec plus de valeur poursuivre le chemin ;
Venger notre pays d'un pouvoir inhumain ;
A ce monde jaloux, qu'une noble souffrance
Laissa sans dévoûment, sans élan pour la France,
Et qui, de son bonheur, nous devant la moitié,
Ne trouva, pour nos maux, qu'une froide pitié,
Imposer quelque jour aussi notre puissance ;

N'ayant, comme il n'ont eu, pas la moindre clémence ;
Et frappant leur orgueil de la loi du vainqueur ?

. . . .

Mais Dieu seul jugera ; je ne veux, dans mon cœur,
Avoir en cet instant ni colère, ni haine ;
Tout mauvais sentiment, je le vois, vous fait peine.
Heureux qui peut encor, pour chasser son courroux,
Interroger vos yeux, dont les regards si doux
Laissent, d'une bonté divine, intarissable,
Deviner les élans. On serait bien coupable
En ne se rendant pas à ce regard aimé !
Mon cœur en rougirait. Peut-il rester fermé
Alors que votre voix lui parle avec tendresse ?
Rien, pas même l'exil, ne me paraît tristesse.
Il semble qu'avec vous tout doive s'apaiser.
Et c'est si bon l'oubli, quand il vient d'un baiser !
Envers vous se peut-il que jamais on s'acquitte ?
Mais, hélas ! sans talent, sans valeur, sans mérite,
Mes vœux brûlants, au ciel, peuvent monter bien doux.
Ai-je rien à donner qui soit digne de vous ?
Vainement j'ai cherché. Seule, la poésie
Anime quelquefois, selon sa fantaisie,
Les souvenirs chéris dont mon âme, en dormant,
Entretient le bon Dieu la nuit bien tendrement.
Ne vous offensez pas, je n'ai rien autre chose.
C'est là tout mon trésor, dont pour vous je dispose
   Et je tremble en vous l'adressant.

A MESDEMOISELLES L.... ET A....

      Bruxelles, 3 avril.

N'est-ce pas au printemps, quand vient de reparaître
Un rayon de soleil sur la feuille des bois ;
N'est-ce pas au printemps, quand la fleur vient de naître,
Que l'oiseau tout joyeux fait entendre sa voix ?

Et qu'en se réveillant la fauvette gentille,
Dès que l'aube est venue, envoie au Créateur
Son hymne matinal, comme la jeune fille
Lui donne, chaque jour, le parfum de son cœur !

Le bon Dieu, qui reçoit tous les chants de la terre,
Laisse le vent du ciel confondre, tour à tour,
Le chant de la fauvette et la fraîche prière
Qui parlent tous les deux d'innocence et d'amour.

Mais qui peut, direz-vous, comprendre le langage
Et des oiseaux mignons partager les secrets ?
La brise, en se jouant sous l'humide feuillage,
Aurait-e'le écouté les échos indiscrets ?

Non ; mais quand je prononce une tendre parole,
Quand je dis vos deux noms, qui me semblent si doux,
Quittant gaîment son nid, la fauvette s'envole
Et porte ma pensée aussitôt près de vous.

A MADAME A....

En lui envoyant mon recueil de vers.

Bruxelles, pendant l'exil 1871.

Ce livre sans valeur, que votre voix accueille
Avec tant de bonté, renferme à chaque feuille
Des souvenirs bien doux.
Seul votre nom manqait, l'amitié le réclame,
Un baiser l'écrira. Puis cela fait, Madame,
Ce livre est tout à vous.

Quand je le commençai, mon âme alors ravie
S'ouvrait avec bonheur au printemps de la vie :
Age pur et charmant !

Où l'avenir paraît semé d'aimables choses ;
Où les rêves, au cœur, naissent comme les roses
    Tout en le parfumant.

Aussi, l'esprit charmé de douce confiance,
Je voyais le plaisir, la joie et l'espérance
    Embellir mon chemin ;
Et, dépensant gaîment mes beaux jours de jeunesse,
Je ne demandais pas si cette douce ivresse
    Aurait un lendemain.

Les heures s'enfuyaient, joyeuses et rapides,
Sans que l'ennui jamais ait marqué de ses rides
    Mon front jeune et joyeux
Je ne comprenais pas ce que chagrin veut dire :
L'existence, pour moi, n'était qu'un long sourire,
    Un chant mélodieux !

Mais, un jour, mon beau ciel perdit son air de fête ;
Le songe disparut. Ma pensée inquiète
    S'éveilla tristement.
Ma muse, en s'éloignant de notre belle France,
Sur la terre d'exil oublia l'espérance
    Et chanta moins gaîment.

C'était sur mon bonheur le premier gros nuage.
Pourquoi le regretter ? Tout est pur à mon âge ;
    Tout laisse un souvenir !
Il ne faut pas brusquer même une triste chose.
Quelquefois, sous les pleurs, la pensée est éclose.
    Pourquoi la retenir ?

N'est-ce pas en exil que votre sympathie
S'est révélée à moi ? La douleur est partie
    A vos accents si doux !
Qu'importe que le ciel soit radieux ou sombre !
Qu'importe des beaux jours la durée ou le nombre,
    Quand on est près de vous !

A MONSIEUR D'A....

Bruxelles, 19 mars.

Malgré votre bonté je n'oserais moi-même
Avouer que mon cœur pense souvent à vous.
Je n'oserais jamais dire que je vous aime !
Mais les fleurs le diront. Leur langage est si doux,
Qu'on ne peut refuser la tremblante missive
Que leur voix parfumée apporte avec le vent !
Dieu fit naître les fleurs pour qu'une âme plaintive
Pût y cacher ses vœux en vous les adressant

POUR UNE FÊTE

On donne ce qu'on a : des bouquets, une rose,
Un travail délicat, quelques vœux de bonheur.
Moi je donne un baiser. Hélas! c'est peu de chose ;
Mais ce baiser d'enfant renferme tout mon cœur.

A MONSIEUR C....

Bruxelles, 1871.

Quand l'orage est passé, vite l'oiseau s'envole.
En quittant ce pays, pour n'y plus revenir,
Vous voulez emporter une douce parole.
En vous disant : « Adieu, » nous disons : « Souvenir. »

A MONSIEUR L....

Bruxelle.

Nous, tristes émigrés, nous croyions, loin de France,
Ne jamais rencontrer un rayon d'espérance ;
Et le sol étranger semblait n'être pour nous
Qu'un asile où l'écho, sans doute trop fidèle,
N'apporterait jamais qu'une plainte cruelle,
Oubliant en chemin tous les mots les plus doux !

Oui, nous pensions ainsi. C'était mal, peut-être ?
Pauvre pays d'exil ! Le temps a fait connaître
Le bonheur qu'un des tiens nous avait destiné !
Un chant délicieux ici s'est fait entendre.
Tu pouvais nous ravir un souvenir si tendre ;
Mais, devant nos regrets, ta voix a *pardonné*.

A MADAME LA DUCHESSE D'E....

Paris, juillet 1870

Selon votre désir je vous livre, madame,
Ma fraîche poésie, écho d'une jeune âme,
Que vous avez gagnée à votre douce loi,
Avec ce bon regard et ce noble sourire
Qu'on ne peut oublier et qui semblait me dire :
« Je suis la Charité ; venez, enfant, vers moi ! »

En ce monde, combien vous devez faire envie
A ceux qui n'ont pas su mériter, dans leur vie,
Les touchants souvenirs attachés à vos pas !
Doux sentiments d'amour que vous avez fait naître
Et qui, le soir venu, font oublier, peut-être,
Les grandes peines d'ici-bas.

Je veux unir mes vœux à tous ces vœux fidèles.
Si, de votre passé, les heures les plus belles,
Malgré tous vos regrets, ont fui depuis longtemps.
Laissez mon jeune cœur, parfumé d'innocence,
Vous offrir humblement, avec reconnaissance,
    Un des beaux jours de son printemps.

C'est ainsi que mes vers, indécis et timides,
En s'adressant à vous deviennent plus limpides ;
Que ma muse joyeuse et fière tour à tour,
De votre aimable accueil, que la bonté domine,
Ose envoyer vers vous ce qu'une âme enfantine
    A de poésie et d'amour !

A MA PETITE MARIE

La veille de sa première communion.

Maisons-Laffitte, 20 août 1871.

Si vous allez dans le Saint-Lieu
Courber votre beau front, ma mie,
A moi, votre fidèle amie,
Ne penserez-vous pas un peu ?

Quand vous aurez vers le Seigneur,
Vers ce doux maître qui se donne,
Laissé voler, ô ma mignonne,
Tous les parfums de votre cœur.

Quand sa puissante volonté
Aura, comme un rayon de flamme,
Envoyé dans votre âme
Son adorable charité ;

Quand pour les pauvres, quelquefois,
Ayant invoqué l'Espérance

De Dieu, l'aimable Providence
Couvrira votre fraîche voix ;

Lorsqu'enfin le démon jaloux
Verra la Vierge vous sourire ;
Quand vous n'aurez plus rien à dire,
Alors, enfant, souvenez-vous.

Priez pour moi ce Dieu si bon,
Ce Dieu, dont la justice même
N'a sans doute, pour qui vous aime,
Que miséricorde et pardon !

Vous, qui connaissez mes secrets,
Demandez bien qu'il me pardonne,
Et, dans vos louanges, mignonne,
Mêlez aussi tous mes regrets.

Car mon faible cœur ici-bas
Serait, je crois, beaucoup plus sage
Si votre bien-aimé visage
A mes yeux ne se montrait pas.

Et si votre front radieux
N'arrêtait, quand je n'y prends garde,
Ma pensée, en vous qui s'attarde
Au lieu de monter vers les cieux.

Voilà pourquoi dans le Saint-Lieu,
Quand vous irez prier, ma mie,
Il faut, à votre tendre amie,
Mon doux ange penser un peu.

A MON PÈRE

25 août 1871.

Hier, arrivant de voyage,
Par ta fenêtre un indiscret,
Un papillon, hôte volage,
Avec la brise pénétrait.

Avait-il fait bien longue route ?
Oh ! non ! car il était joyeux.
Pour bagage il n'avait, sans doute,
Qu'un souvenir et quelques vœux.

Pour savoir quel était le maître
De l'intrépide voyageur,
Il n'eut fallu chercher peut-être
Que dans ta pensée ou ton cœur.

Il n'eût fallu dire, je gage,
Qu'un nom d'enfant connu de toi
Pour deviner que ce volage,
Que cet ami venait de moi ;

Et que si ses deux ailes roses
Avaient devancé mon retour,
C'est que j'apportais plus de choses,
Tant de baisers et tant d'amour !

CONFIDENCE

A MONSIEUR L....

Paris, janvier 1872.

J'ai reçu, cela fait ma joie,
Un antique et mignon coffret ;
Je ne dis pas qui me l'envoie :
Vous seriez peut-être indiscret.

A quelque puissant personnage
L'objet appartint, je le crois ;
Et dut contenir, je le gage,
Toute une histoire d'autrefois,

Ou... l'aimable littérature
Y cacha son plus doux secret ;
Ou d'une dame la parure
Dormait au fond de ce coffret.

S'il en restait quelque vestige !
Si nos aïeux avaient laissé,
Par un admirable prodige,
Quelque trace du temps passé !

Bien vite, jugeons de la chose ;
Ouvrons notre petit trésor...
Mais, hélas ! la serrure est close
Et nous ne saurons rien encor.

Ma boîte serait-elle vide ?
Oh ! non, me dit tout bas mon cœur.
Une clef ! — La joie est timide,
En tremblant j'ouvre. — Ah ! quel bonheur !

Tenez, vraiment, que vous disais-je ?
Voilà, ne soyez pas jaloux,
Une pensée, un nom, que sais-je ?
Et tout cela... n'est pas pour vous !

Le nom (vous devez le connaître)
Est béni des enfants gâtés ;
Il se cache souvent peut-être
Sous des bijoux d'antiquités.

Quant à vous dire la pensée,
Cela serait trop indiscret.
Elle fut tout au fond placée
Par qui me donne le coffret.

————

A MES CHERS AUDITEURS

11 février 1872.

Vous comptiez, je le vois, fort peu sur ma présence,
Après avoir frappé les trois coups de rigueur ;
Sans doute j'aurais dû montrer à l'assistance
Tout de noir habillé monsieur le régisseur !
Mais j'ai peu de respect pour la vieille coutume,
La nouveauté m'enchante, et, mon Dieu ! c'est pourquoi,
Sans demander avis, j'ai choisi ce costume.
Mesdames et messieurs, le régisseur... c'est moi !

Or, je n'ai, croyez bien, aucune triste chose
A vous communiquer. La preuve, la voici :
Comme emblème joyeux je me suis mise en rose,
Peut-on, sous ces couleurs, garder quelque souci ?
Je vous suis envoyée en très-grande ambassade
Par un prince charmant, riche et puissant seigneur,
Connu du monde entier pour gentil camarade,
Ami de la jeunesse et de la belle humeur.
Mais, du reste, au milieu de notre cercle intime,
Pourquoi cacher son nom ? Il n'a rien fait de mal,
Et n'a pas de raison pour cacher l'anonyme !
On l'appelle à Paris monseigneur Carnaval.
Je pourrais exhiber la lettre de créance
Qu'il me donna pour vous. Mieux vaut, en vérité,
Vous raconter comment je fis sa connaissance,
Ce qui ne manque pas d'originalité.
Hier je préparais, en souriant d'avance,
Ce qui devait parer la fête de ce soir ;
Étudiant aussi, mais, là... sans complaisance,
L'effet d'une coiffure en face d'un miroir.
Enfin, tout était prêt, tout allait à merveille,
Et j'allais retirer coiffure et vêtement
Quand une grosse voix glissa dans mon oreille
Deux mots ! rien que deux mots ! mais terribles vraiment !

Cette voix avait dit que j'étais... égoïste ! ! !
Jamais mon pauvre cœur n'avait battu plus fort.
Tremblante de frayeur et prise à l'improviste,
Sans doute on aurait cru que j'étais dans mon tort.
Mais cela dura peu. Ma fière conscience
Se révolta si bien contre l'injuste affront,
Que, forte de sa voix et de mon innocence,
Je céssai de rougir et relevai mon front.
Oh ! jugez bien alors, jugez de ma surprise
(Car c'est là du récit le point original),
J'avais devant les yeux, fort élégant de mise,
Un charmant chevalier, monseigneur Carnaval !
« Monsieur, vous avez dit que j'étais égoïste ?
Risquai-je en surmontant toute timidité.
Il faut toujours prouver que ce qu'on dit existe,
Ou vous avez parlé contre la vérité. »
Un sourire moqueur éclaira le visage
Du brillant chevalier qui, se tournant vers moi :
« Mon injure, dit-il, est un enfantillage.
Il faut me pardonner ; car j'étais sûr de toi.
Seulement je voulais causer de cette fête
Dont les apprêts joyeux se révèlent partout,
Et te montrer aussi, bon cœur, mais folle tête,
Que tu peux, cependant, ne pas penser à tout.
Je vois autour de nous costumes et parures,
Chapeaux ronds et manteaux, toques de sénateurs,
Barbe de contrebande et blonde chevelure,
Le tout appartenant à messieurs les acteurs.
M'est avis, chere enfant, que la joyeuse bande
N'a rien à désirer comme déguisement ;
Mais, pour les auditeurs ? en vain je me demande
Quelle part ils prendront à cet amusement ;
Il existe pourtant, dans ton public aimable,
Plus d'un joyeux esprit prêt à se divertir,
Et plus d'un jeune ami qui serait bien capable
De demander aussi de quoi se travestir.
Ta fertile pensée a dû, je le suppose,

Prévoir tous les désirs, deviner tous les vœux ;
Il ne manquera pas la plus petite chose ?
Tu ne me réponds rien ? Tout est complet ? Tant mieux ! »
Combien à ce moment, combien je devins triste,
Après ce long discours du charmant chevalier !
N'avait-il pas raison d'appeler égoïste
Celle qui, follement, allait vous oublier ?
Que de sombres remords ! comme j'étais confuse !
Sans doute mes regrets méritent le pardon.
Il faudra que ce soir tout le monde s'amuse
Pour me bien consoler de cet oubli sans nom.
Monseigneur Carnaval devinait, il faut croire,
Pourquoi je me taisais, et riant de bon cœur :
« Notre jeune linotte a manqué de mémoire,
A ce que dit du moins ce petit air boudeur.
Voyons, n'y pensons plus ; la veille d'une fête,
Il serait beau de voir des larmes dans tes yeux !
Cherche plutôt, cherche bien dans ta tête
Un utile moyen d'arranger tout au mieux.
—Mais comment monseigneur veut-il donc qu'on déguise
Un public si nombreux en l'espace d'un jour ?
Si j'avais plus de temps, tout irait à ma guise :
Je pourrais costumer même toute une cour !
Et d'ailleurs, à quoi bon me mettre à la couture ?
J'ai de mes auditeurs un charmant souvenir,
Mais qui ne peut, hélas, me donner leur mesure ;
Il faudrait, pour cela, tous ici les tenir.
— Eh bien ! pour aujourd'hui, laissons là le costume.
Ma foi, tes invités ont l esprit indulgent.
Ils resteront vêtus ainsi que de coutume,
Mais demain j'enverrai, par un discret agent,
Des bonnets, des chapeaux de forme très-coquette,
Qui, je te le promets, répareront le mal.
Et tes charmants amis, déguisés par la tête,
Béniront en secret le seigneur Carnaval. »
Le galant chevalier a tenu ses promesses ;
A peine, ce matin, avais-je ouvert les yeux,

Que j'ai reçu de lui ce monceau de richesses,
Destiné par écrit à mes amis nombreux.
Donc, après le partage, adieu mon ambassade !
Je reste parmi vous, mais sans autorité,
Tâchant, si mon récit vous a rendu maussade,
De vous dédommager par ma franche gaîté.
Costumez, déguisez vos voix, votre visage,
Mais gardez-nous vos cœurs et restez nos amis ;
Nous ne sommes jaloux que de ce tendre hommage !
Quand vous l'aurez donné, tout vous sera permis.
Amusez-vous beaucoup Le carnaval est mort,
Dit on ; ce n'est pas vrai ! Quand l'ennui fait silence,
Peut-être quelquefois le carnaval s'endort ;
Mais un rire d'enfant, une chanson nouvelle,
Le font, auprès de nous, bien vite revenir.
Et, si le Temps méchant l'emporte sur son aile,
De lui n'avons-nous pas un gentil souvenir ?

A MADAME T....

14 février.

Peut-être pensez vous, ma gentille marraine,
Que j'avais dégarni le jardin de mon cœur ;
Que j'avais tout cueilli pour ma fête mondaine
Et qu'il ne restait pas la plus petite fleur ;
Qu'à mes amis nombreux, selon leur fantaisie,
Ayant distribué mes trésors en un jour,
Que pour vous mon esprit serait sans poésie ;
Mes lèvres sans baisers, mon âme sans amour ?
Si vous pensiez cela, ma gentille marraine,
Laissez-moi vous gronder ; c'était bien mal à vous,
Et j'en pourrais au fond conserver quelque peine !
Car, pour vous les offrir, j'ai d'un regard jaloux
Surveillé nuit et jour mes roses les plus belles ;
Respiré leur parfum qui devait ce matin,

Comme un oiseau captif qui retrouve ses ailes
Pour s'envoler vers vous, oublié mon jardin.
Si vous doutez de moi, venez cueillir vous-même
Tout au fond de mon cœur ces doux gages d'amour.
D'autres refleuriront : pour celle qui vous aime
Il n'est pas de saison, de plaisir et de jour.

A MADAME D'A....

23 avril 1872.

Je me souviens d'une légende.
Vous plairait-il de l'écouter ?
D'ailleurs elle n'est pas bien grande ;
Je pourrais vous la raconter.

Quant à trouver dans ma mémoire
L'endroit où se passait ceci,
Je l'ignore ; mais cette histoire
N'y perdra rien, et la voíci :

« D'où vient encore la châtelaine ?
Disait un page à l'œil mutin
En apercevant dans la plaine
Un frais costume de satin.

Vraiment, tenez, est-ce la peine
De chercher au loin des plaisirs ?
N'a-t-elle pas, dans ce domaine,
De quoi charmer tous ses loisirs ?

Oh ! dites-moi, ma souveraine,
Dans le gazon, si loin de nous,
Pourquoi cueillir, ma châtelaine,
Des fleurs si peu dignes de vous ?

La pâquerette est bien mignonne
Et les bluets très-séduisants ;

Mais sachez, auguste personne,
Qu'ils sont faits pour les paysans.

Tandis qu'ici les plantes rares
Grandissent tout exprès pour vous
Et que les fleurs les plus bizarres
Fleurissent pour vos yeux si doux !

Ah ! j'en mourrais de jalousie,
Si j'étais rose ou bien jasmin.
Pour punir votre fantaisie
Je pâlirais sous votre main. »

Ainsi devisait notre page
Quand la dame le rejoignit,
Surprise de ce fou langage,
En souriant elle lui dit :

« Certes, ce superbe domaine
Mérite bien un peu d'amour,
Et je n éprouve aucune peine
A m'y promener chaque jour.

Je connais toutes ses richesses,
Et j'aime ce jardin fleuri
Peut-être autant que les caresses
De mon beau page favori.

Mais j'aime aussi, quand Dieu nous donne
Le soleil qui dore les champs,
Découvrir la plante mignonne
Qui nous annonce le printemps,

Et qui passe sa collerette
Quand paraît un rayon d'avril,
Pour que mon amitié discrète
La découvre dans son exil.

Voilà pourquoi la châtelaine
Vous offre, mon charmant lutin,
Les marguerites de la plaine
Ecloses depuis ce matin.

Cessez donc toute moquerie ;
Calmez votre gentil courroux ;
Et quand j'irai dans la prairie,
Enfant, ne soyez plus jaloux ! »

Là se termine l'aventure.
Mais j'ai, depuis, si bien rêvé
Que, maintenant, je me figure
Que ce beau conte est arrivé ;

Que la charmante châtelaine
Avait votre doux son de voix ;
Que j'étais la fleur de la plaine
Tremblante et fière sous vos doigts ;

Que vous m'aviez, dans la prairie,
Découverte au bord du chemin ;
Que j'abandonnais ma patrie
Pour ne pas quitter votre main ;

Qu'afin de contenter vos pages
Que l'on ne pouvait apaiser,
Vous aviez, sur leurs beaux visages,
Mis votre plus tendre baiser.

FIN

Paris.—Edouard Vert, imp., 20, rue N.-D -de-Nazareth